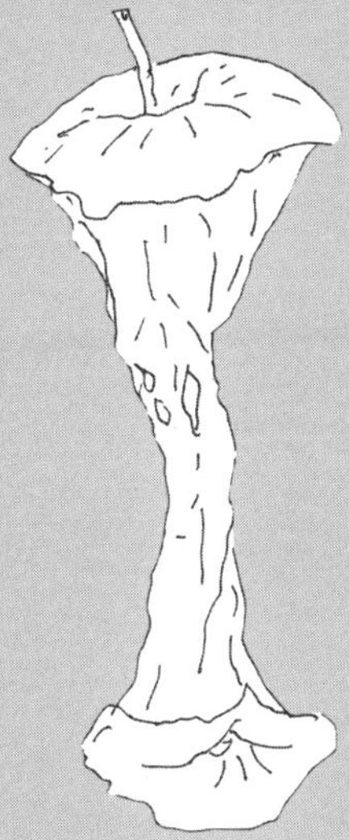

心術

林宇軒

推薦序

以詩講理與敘事

國立臺灣師範大學文學院院長　須文蔚

你大四時，我出了一道題目，希望同學能化用一首古典詩，描述當代的人物心境。你挑了杜牧著名的〈清明〉：「清明時節雨紛紛，路上行人欲斷魂。借問酒家何處有，牧童遙指杏花村。」一筆鋒一轉，寫一九四九年發生的「四六事件」，詩題是〈路上的行人〉。

發生在臺灣大學與臺師大的「四六事件」，表面上導因於警方取締學生自行車雙載的爭端，實則是在國共內戰的烽火下，風聲鶴唳的軍事管制掀起清理校園中共地下黨行動，波及諸多無辜學子，也成為著名的白色恐怖事件，你不急著控訴血腥的鎮壓，而是冷靜地說：

只看清明的雨，看回不去的從前從前
路上有手指遙遙伸出，正對著大同
和小紅帽，姿勢像是道別
明明黑夜已經失守
黎明卻還在門口脫靴

全詩努力辯證著，一場讓臺灣青年知識分子消失的政治行動，固然遭到世人遺忘，事件究竟該如何在分歧的意識形態中留下倒影？在我們「左支右絀」的閃躲中，真的能跳脫掌權者的歷史話語權力，更貼近革命青年的良知與人道精神，理解歷史的真相？你試著以詩逼近真實。

你的長處在於敘述與思辯，在臺灣現代詩趨向批判社會新興議題：環境保護、轉型正義、居住正義、性別平等、民主運動與全球化衝擊，一掃過去現代詩思想深度不足的窘境，你在大學時期的創作就顯現出一定的精神高度。〈如果羅福星〉就是令人驚豔的作品，你選擇了一九一三年底日本總督府破獲「苗栗事件」，逮捕了發起反日軍事行動的羅福星，十二月十六日羅福星在淡水遭到拘捕，次年被判死刑，於臺北刑務所絞刑臺上從容就義。你把羅福星的起義放在世界與兩岸的政治互動中，如果沒有二次革命、如果沒有第十三世達賴喇嘛發布《聖地佛諭》、如果沒有刺殺宋教仁案、如果澳大利亞沒有定都坎培拉、如果美國沒有承認國民政府，如果國民政府信守諾言支援羅福星的軍事行動，或是一次世界大戰不要爆發，乃至於如果羅福星安份守己，歷史是否因此而改變？也提醒我們回溯任何一件往事時，要能夠從多重的因果關係，理解歷史人物的判斷與勇氣。

亞里斯多德在《詩學》第九章中指出：「寫詩這種活動比寫歷史更富於哲學意味，更被嚴肅的對待；因為詩所描述的事帶有普遍性，歷史則敘述個別的事。」在撞擊社會現實的書寫歷程中，直擊當下的事件，記錄細節，固然有助於補充歷史遭到權力改寫與扭曲的面向，但以詩敘寫，如能轉化為寓言，就更能貼近上述的「普遍性」，詩集中〈願你〉就展現了香港光榮革命的細節，貼近了歷史記憶，畢竟以詩有限的篇幅，難以充分反映具象的抗爭，太過直白的抗議，也讓詩人顯得不夠沉著；相形之下〈回家〉描述土地徵收，遭到強制拆除「釘子戶」的悲哀，為了凸顯事件的深沉，你刻意以推倒積木與玩大富翁的「童趣」，製造巨大的反差，增添了事件的荒謬感，當讀到：

於是怪手住進了你的全身
無論公義無論仁愛
你的家是辦家家酒的積木
你的心是夜裡的碎星

可真是令人戰慄的情節，而詩中所描述的不義顯然不受限於一時一地，但凡在有違正義的徵收事件中，相信這首詩將永恆傳唱。

敏於思考的你，也正展開更長篇的敘事詩書寫實驗，也擔憂寫作遭遇瓶頸，畢竟在充斥著抒情詩的大環境中，敘事乃至於非主流的論述，總是難以獲得青睞的。我想借用孫紹振在《文學創作論》一書所點出：「想像的概括性和寫實性相結合，並不是靜態的、凝固的、永恆的，在詩歌發展的歷史過程中，二者地位不斷消漲著，交替著，呈現著某種程度的動態平衡，寫實性的優勢，反覆地讓位給假定的概括性優勢。」顯然敘事與寫實是抒情寫作的另一面，也是值得開拓的新領域。不過需要提醒的是，在漢語現代詩的歷史中，敘事詩的實驗與成就，除了吳興華、楊牧、羅智成等少數作家能取得評論界的肯定，你計劃往敘事與寫實的實驗道路上獨行，這絕對需要更大的魄力與文字風格的改變。

你在進入研究所後，顯然也開展了古典的閱讀，〈二手〉一詩化用了不少杜甫名句，也反覆鋪陳詩可否書寫歷史？當現代詩拋棄格律後能否依舊對抗各種言說？這幾個重大的議題一旦能與你的書寫實驗對話，你將牽起文學史中一條綿長的鎖鍊，從杜甫開始，漢語詩開始記載歷史，記錄流離的庶民生活，忠實記載時代的事物，開展出具有「詩史」意涵的重量級書寫。相信你一定也有所體會，要能「穿上千萬種傷口，啣著辭句起飛——」是何等不易的功課？

你本來就有改寫童話與古典文本的能力，又有辯證歷史真相的心志，《心術》充分展現了你特殊的創作風格。期待你書寫新的篇章時，能多反覆推敲，打磨語言。歷來討論寫景時，最具代表性的討論，莫過於梅堯臣和歐陽修論詩：「詩家雖率意，而造語亦難。若意新語工，得前人所未道者，斯為善也。必能狀難寫之景，如在目前；含不盡之意，見於言外，然後為至矣。」相信一旦你能擺脫直面現實，能突出形象的鮮明，以委婉的意象打造寓言，展現更為深刻的境界，相信你將走出一條完全不同的詩路。

推薦序

心術一千種（祕）

楊佳嫻

林宇軒出生於世紀末，白色小馬般的年齡，懷裡藏著荊棘，大膽涉足於湍急大川，構築他困難的詩。

如果世界是河流，一個青年詩人如何逆流建築？在最有氣力的時候，試探一己之能。他不願順流，想測試自己的心志與技藝，這或許就是書名《心術》的來源吧？全書開篇，與書名同名的詩作發揮了定音效用。「心術」一詞從人們慣用的「心術不正」被挑出來，擺正，放大——「心」的「術」是什麼？根據辭典，它是道路、技藝、策略，因此，「藝術」往往包含了「技術」——怎麼做——當然，它也可能是某種咒術迴戰——「咒語／不用聲音，就讓自己被封印／讓別人學會哭，或者不哭／

徒勞與必須就是我的心術」，關於滋養、驅動、召喚、構築，有中生有，蜂巢長出櫻樹。「術」也決定了「心」怎麼被理解。

「心術」必須學習、勤練與琢磨。在開頭三首詩，〈心術〉、〈憑藉構思〉和〈二手〉，都提到了「老師」。它可能指某個特定的人（文學史上的特殊啟發），也可能指某種一直在進行的狀態（彼此總在昏暗中替對方接上電）。有「老師」，就有觸發和傳遞，能把火點起來，能讓魔術暢行，是因為「手裡無數微縮的爐心正等待運行」，於是「一種暴力／牽引敘事，就有一千種美感產生自指間」（〈憑藉構思〉）。

《心術》寫阿公阿嬤，寫香港社運臺灣歷史與政治，寫感情的砂丘生活的長濱，思索文學如長久望著深綠葉片掩映黃枇杷，摘取的時候到了嗎，那樣麻煩卻甘美。我更注意的是每一詩行裡喜歡一再標點，區分節奏，凸顯情緒，有時多達三個逗點，括號與破折號經常運用，迴行亦十分普遍。一方面，宇軒的詩織入大量敘事細節，也不避諱說明性的句子，特別有賴於聲響調節，使其更能浸潤於前後的抒情與意象，達到平衡；另一方面，宇軒的詩頗具前後瞻顧、連續辯詰的特性，有引用，有問答，有勸服，思維較長，不是只依賴剎那靈光或淺薄的趣味，也更需要調動標點和斷行技巧。這樣的處理，有其性格與必要，也有其風險：仰賴讀者的耐性，而有耐性的讀者往往是文學準備比較進階的讀者，數量較少；一段唱詞綿延數行而仍未了結，且兜且轉，力量可能漸弱，因此還可以更斷然、直截一些。

如果全書都是上述調性，恐怕讀者容易疲勞，幸好，他自己也願意多做嘗試。「快樂王子」一輯，幾首詩相對寫得簡潔，也提供意外與思索：〈被動〉寫公主王子快樂故事的內面，公主總是「被」如何如何，呼應性別思考；〈公主〉寫蘋果，蘋果有毒並非天性，「那是一顆赤誠的心／後來的樣子」，善惡不是對立兩造，而可能是前與後，一體及其兩面。

我以為更理想的是比如〈葡萄凍〉：「誰有足夠的能力去融化砂糖？／誰有足夠的砂糖被融化？一切像你／看著我，我看著你，這些色澤與質地」，以食物寫愛情固然常見，愛情追求交融，可是，同時詢問融化的能力與材料就屬少見；視線交錯往返，動態進行，可是也同時不斷凝固為靜物，在每一分鐘不斷過去不斷被留下的記憶裡，放大審視色澤與質地。上一段還帶點幽怨氣息，下一段突然辣手一擊，「該要多麼卑賤：炙熱的鐵／如今是冰的容器」，鐵器是高熱冶製而成，葡萄凍卻須冷卻成型，事實上，鐵與冰，都經歷過不同的物態和溫度，那為什麼要說「卑賤」呢？承受完全不同質地的事物，比如你承接我，或我承接你，是否都指向宿命，無可奈何而又非如此不可？作為容器，火焰裡來是前世，盡力承接則是此生；沒有選擇的權利，才說「卑賤」。甜絲絲的題目，卻以苦澀結尾，那是融化足夠砂糖也不能遮蓋的真韻。

最後，想提一提〈論寫作〉。這樣的詩題出自年輕作者筆下，氣質特別老成。楊牧五十餘歲曾作〈論詩詩〉，全詩以抽象、具象、景與情、語言和真義等範疇來探索詩的真義，末尾明確說解：「詩本身不僅發現特定的細節／果敢的心通過機伶的閱讀策略／將你的遭遇和思維一一擴大／渲染，與時間共同延續至永遠／展開無限，你終於警覺／惟詩真理是真理規範時間」。那麼，林宇軒的寫作領悟是什麼呢？

小小記憶體一切規劃完整，寫完
一首詩，便有一首詩與他無關。
這種生活像靶左右眼神：我看著
他，而他看著郵筒，所有的詩句
都屏著聲息，設法忍住大詞——

痛，不痛，獵槍和紗布都在手中

他不定位在時間，因為他還年輕。他討論詩與詩人，生活與詩，以及詩的爐心莫非就是屏息，忍住，留給瞄準那一刻，包覆那一刻。

萬胥亭訪問夏宇的紀錄裡，針對「心目中理想的詩」一問，夏宇答：「很難講。有時唯心，有時唯物，不同的時間讀有不同的感覺。有時不讀詩，讀『祕術一千種』。」詩乃物隨心轉，心憑物顯，當「雲端的工人不得不修理／這些失敗的著陸」（〈冬天在頂加〉），林宇軒的詩，也有他的祕術，請來翻開詩集，讀取信號。

目次

輯二　路上的行人

輯一　飯後對談

心術

趁我們還是彼此的老師，趁現在
我們還保有偏執，聽說讀寫只為了接近
那些我給不出來的，那些比別人更愛
更早懂的：如何保護，忍耐心裡的孩子
不外乎一種傳承的技術——否則
他們為什麼要給我證書？正典的體現
是不思考的智者，讓期待和處罰相互辯駁
「如果敵人來了⋯⋯」老師揀選詩集
遞給我：「請用你的生命去愛他。」
一種全然錯誤的語言，學院交給我的
遠比我能學的更多

但愛本身就是偏見。雖然我寫詩
不管有沒有人讀，雖然有些人生來就是要教育我
用不同學門，理論，讓知識磨損在黑板雖然
我寫詩不為了反駁。甚至不為同情，只是寫
寫到一視同仁，寫到誰斥責我的懦弱
黑暗中的目光看什麼都是亮的，都是
神聖的：沉默的明眼人身上爬滿金光
看晚市如紙翻動，解開夜的書衣
驅使一切明白——咒語
不用聲音，就讓自己被封印
讓別人學會哭，或者不哭
徒勞與必須就是我的心術

這些事固然只能藏入內裡
當有人抽出我鏽蝕的臟器反覆錘打
——不痛，只是被掏空而空
就是所有的回答；當有人指著社會，指著詩
問我這是什麼你說啊這是什麼？我也想問
每寫一個字，課室裡的星辰
就又失落一次。只有風格與愛能讓我遠離
讓我更懂得做誰的學生，更認得黑袍裡
太多的影響與聲光，太少的困頓
都只為傳承一種技術，像一輩子謹慎
只為了離開——一種必須儘早實現的標準
趁現在我們仍然有愛，趁現在
我們還不是彼此的敵人

——聞「文學的路上沒有朋友，只有老師與敵人」有感，兼記大學畢業

憑藉構思

身為東道主，他請我吃花蓮鼠
所謂花蓮鼠就是糯米椒和切碎的蒜頭
因為切碎，也只能敗伏於竹製的長籤——
一顆心的無上謙卑，循著命運
次第離開雞排店。好像遞來什麼，他大方的說：

「我買了很多，送給我的鄰居
朋友。」是一方紙盒填滿無數柴火
被我的手輕輕接住。著實是幸運的
能掌握他遭受，與即將遭受的摩擦
掌握一次次發亮前，一次次的侷促不安

掌握一種動機潛藏骨架深處，是他驅使
或者他被驅使？總之暗盒是推開了
細瑣的粗糲瞬間發明：一個夜晚
一間超級商店，一次彈指
便生出了火。他說他還有很多

——很多什麼？我使用我僅有的
兩顆眼睛，辨認上頭的示意：硫磺
氯酸鉀，紅磷和穩定劑。這是我的功課
琢磨，受傷，然後琢磨受傷，看交鋒的光影
自他虎口流出溫熱的，透明的血
這是我的功課。感知他的明目與張膽

手裡無數微縮的爐心正等待運行：一種暴力
牽引敘事，就有一千種美感生產自指間
是夜讓這些才華被彰顯，是他遞給我母題
而我虔誠接下，是他要我繼續寫

「燒點什麼吧。」說這句話的也是他
儘管不是對我，但我也聽進去了，畢竟語言
要創造才能抗衡現實，要努力聰明像他
躺在床上的姿態：澡也沒洗，牙也沒刷
只是躺，只是一堆疲憊的灰燼

細數，組合著自己。一種期待
被我的提問打亂：詩人有責任嗎？
他好氣又好笑，繼續咀嚼午餐便當

看窗外倥傯的光景，還能變出什麼花樣？
再問就太多了。忽然鈴聲響起

老師的聲帶遠遠到來：七星潭，一隻小手
數算著海岸哪裡有七疊儘管地點錯了
但有什麼關係？憑藉構思，這些事就不只是摩擦
還可以是美，是痛。因為痛所以他理解，因為理解
他心底的火焰便燃起，在詩句成形的瞬間——

——去花蓮找宇翔

二手

地下室：無線網路時好時壞
我相信這是老師留下的訊息
可惜他早已離開。剩一隻沙鷗
倖存於天地，收攏兩翼的滄桑
——是的我確實找到了老師
未曾面世的作品，寫的甚至不是歷史
而是現在。是無數反覆的現在，老師過來

重見天日的我委身，躲避監控眼
橫越大草原，快步朝向水泥講堂
在螢幕裡成為一組程式，保護胸口

懷抱的老師，看他輾轉在不同時空
等待被誰翻開受傷的翅膀：每讀一次
就痛一次。在歷史低處的我是如此來回
看他穿上千萬種傷口，啣著辭句起飛——

我用現代的語言將老師鍵入硬碟，存檔
並更新，活生生的人像就出現在眼前
更早一點，是時光機在布幕的投影
我手握滑鼠一塌糊塗。更早一點
是老師的視野，明白星星垂降自天上
後人將捧讀這些風物，看他的愛
與時代的關聯，看月光是如何湧向人間

我相信這是老師留下的訊息

為了見證不可能。過著二手的生活
我將老師未曾面世的作品付之於火
讓塵土與灰燼代言他的憂患：所謂格律
裝上了新引擎，還能否對抗種種言說？
是這些不同的災禍讓我闔上翅膀
是這些相同的命運告訴我，老師來過

——關渡讀杜甫

人間動物園

遠方的風景疾疾經過你。不用地圖
或者導覽手冊，你拖行收拾好的時光
把天氣豢養在小小皮箱裡，一切自然
是夏日騎樓，城市的胎記。有時提前抵達
有時被鐘聲追捕，在鋒面關閉前趕上列車
那些不必然快樂的讓你平安活著

棲息在副熱帶邊緣，每日每日
你揹起遺址，在鞋底的街衢覓食
現在時刻：十二點十分。你和其他物種
聚集，等待時機橫越路口如橫越一座草原

模仿鹿群迅速，機警，準確踏平時間

路口有鳥族擬聲大撤退，車流如洋流
把你眼底的種子送往各個經緯——
關於睡眠與現實，求生與繁衍
無須擔憂樹冠羞避與天性的扞格
現在你是土是石頭是從容的花萼
生活含苞如一首文明的慢歌

路燈亮起，你聽見窗外有傘行經
接住暗地裡小行星的花季：滴滴答答……
時間的說詞彷彿明日太陽升起後
物競天擇才將開始，還有大好時光
足夠你的雙腳造訪一個荒郊

足夠你從圖鑑裡的棲地緩緩
朝對街新的人間遷徙

——記師大路

論寫作

一、

隱約一點念頭，眾生便倏地落下
為我淨身，透徹的垂憐充盈髮際
「還有時間——」案前有人端坐
原來是我。定睛復閉眼，念此刻
無數自己正走近書桌，疑雲四處
來來往往地操演，不成什麼氣候
而我手捧腹地，讓一切發生——
（燈光一暗，沒有人能站在舞臺

只是臆想而全身而退。哀傷在此
莫過於複製自己的本事，莫過於
確認呼，與吸，一支筆乾了又濕
一些靈魂生了又滅彷彿我能做的
只是不說，而不說就已經太多）
——萬物成住壞空世界靜如峰頂
不為什麼世故，一點心音只看上
看下，看自己和自己，自然而然
的回答，看髮指正對萬物的緣由
所有執念的人偶：當靈光們降生
而神臨盆，敲打頑石如敲打淵藪
才頓悟所有修行，都在念頭之後

二、

因為痛苦，他再也無法顧全大局
僅僅憑藉勤勞，一些詞彙便存在
成為一座城。自城裡出走，他將
方才鍵寫完的文字順手傳遞給我
「是愛是科技是文明，」他寫：
「是我是你，是擱淺是忘記。」
是這些被濫用的字眼讓詩行不斷
增加，甚至無法確定寫詩的是他
還是他的筆。我說：一切出走都
操之過急——那城早已經被離開
只留下路。我看他只是鍛鍊身體
便完成了自己，甚至不需要準星
獵物就這麼在他的設計圖被安排

妥當，如此便過上一天，又一天
小小記憶體一切規劃完整，寫完
一首詩，便有一首詩與他無關。
這種生活像靶左右眼神：我看著
他，而他看著郵筒，所有的詩句
都屏著聲息，設法忍住大詞——
痛，不痛，獵槍和紗布都在手中

飯後對談

最早的記憶在霄裡溪
國民學校一年級，阿公開始上學
沿著河堤小路一直一直往前
（想起自己好久沒回去新埔
一個人在草叢看花火與泡沫）
再早便不記得了。問他最感謝誰？
他的父親給了他家庭，而他寫信
去南部買雞回來
家裡的雞不健康

國中開始，他每天早起學習

年輕的阿公沒有駝背
精打細算地說：兩隻腳不用錢
到了高商，未來很長也很貴
他心疼公車上剪掉的車票
只有週末在家裡踏實些
——那時和同學都還好嗎？我問
「畢業旅行我沒有參加，」阿公不眨眼：
「我跟爸媽說學校放假。」

四十而不惑，家裡的經濟好了很多
只是父親已經遠走。一個人的他
從罐頭公司開始：出納到兵役
辦事員到業務工，在中國石油
職涯的最後，一位誠實的加油站站長

看我學校的課堂參訪空大
他笑說自己也讀過大學，學了很多實務
——不是吃的食物。他怕我誤會
畢竟兩件事情都需要汗水

他說自己孝順認真，沒有對不起誰
這些事他都記得清清楚楚，畢竟
「看到你們有成就，我就很開心……」
想起小茅埔，我看溪旁的工廠嗡嗡作響
一輩子強出頭的阿公在田埂與棚架間
（忘了什麼時候開始，我已經比他高）
看他一頂斗笠，吊神仔上的泥濘
嘴裡咀嚼著誠實的世界——
世界是田埂，市集，是黑狗和飯廳

飯後我和他平起平坐，吃著水果
抬頭，一幅油墨印刷的拾穗
是晚餐的來處：日出與日落
在玻璃瓶裡擠成不透光的桔子醬
阿公偶爾看著新聞與政論
而我就看著他，在旋轉旋轉的吊扇下
日復一日……直到有次只剩我們
他把電視的音量轉小，向我談起自己
我便彷彿也過了一生

——與阿公張紹鵬

媽媽的媽媽

金黃的稻穗底她講起自己
一旁的我聽著戰鬥機與戰鬥機
聲音從耳朵到另一個耳朵
媽媽的媽媽這麼說

最早的記憶多麼開心
一點點錢就成為天空的孩子
別人赤腳粗麻布袋，她穿高筒，揹書包
在防空洞裡苦苦等著砲彈落下

現實大多在空襲警報之外，她和鄰居

偷摘野菜，燒甘蔗皮，灌水鬥蟋蟀
偶爾運氣不好，她就閉眼踩著落雷
不怕摔倒地向前向前跑

五零年代，一張報紙一支筆
她在陣陣硝煙裡自由戀愛
一張張批信發自內心，七、八年
成為遊覽車上分送的大餅

節儉的生活她縫補娃娃和小花
偶爾去塑膠工廠做印刷
客廳工人手拿油墨字，為了工錢
切切，秤秤，她是裡頭其中一個

現在的她沒什麼好擔心的
除了身體。配著八點檔的碗裡
鋪著搗碎的藥丸也不馬上吃
只是盹龜，躺著，姿勢像兩天一次的洗腎

當年坐月子的她也躺著
在冷冷的天裡喝雞湯，每天洗澡
陷眠穿越到中興橋——姓林的她改姓張
看小孩生下姓林的我，彷彿小時候

雖然多了些皺紋，她捏了捏自己
瘦瘦的手。問她這輩子
最大的成就是什麼？「你們
平安長大——」她對我說。

——與阿媽張林和枝

微恙

你有什麼病？他問著竹籃裡的我
一顆心的砝碼在人群間調度

大病與小康，災厄裡我等神臨幸
祭解臟腑的農務：一顆顆泥濘

在我眼底碰頭，像獸
一輩子跣足而行，靠著轆轤喝水

用盡僅剩的一張嘴。天底下
作物開開謝謝，只留下時間的鏽痕

驅使我痊癒：病好了嗎？他繼續問
看著我，荒田散落的金屬不說話
只是看著我：在鐮鋤豐收的季節
信神的走，不信神的留下

獨身

可以不要吵嗎？當我這麼對我的身體
他因此醒來而一天突然開始

更多的一天因此結束
在暴政與瘟疫間，世界的鋼骨
正來回搬弄著我的孤獨
——是我很適合沉默
還是沉默很適合我？問題在這裡
時間的刀就意識到自己
多麼適合探險，適合發現傷口：痛
就是把自己困在身體裡

而不打破沉默。好像如此
沉默裡的我就不會感覺到痛
痛就直接開始，再來一次——

可以不要吵嗎？當我這麼對我的孤獨
與重複，而我的孤獨也這麼對我
更多的一天開始，更多的身體晚點醒來……

足下

一雙鞋就此打住。這麼遠的路途
你是不是忘了什麼？世界就在這裡了
所有人只想著，什麼也不做

甚至不做心靈富足的人。在大時代
甘願被日子刷洗，看火炮，星象與要聞
輪流成為小確幸

現在你可以談天說地
否則就什麼也別說。像一具獨立的身子
和四周眾人的眼睛

看得見時，就想值得閉眼的事——

你不會懷疑嗎當沉沉睡去
是誰遮蔽了你？又是誰
替你照看整個世界？

世界就在這裡，一些人住得太久
以為牢獄就是自己，自己就是別人
思想的容器

另一些人像你，終於從夢裡回神
看衣帽外陽光著陸，看一天慢慢
慢慢變成金屬

——只可惜看就是看

沉默被視線風乾，時間也就越來越堅實
更早一點，可能還沒有時間
沒有更多的想

只想自己，自己就不停地衰老
這就是生活嗎？這麼容易犯錯
你還沒想過的還有好多好多

或乾脆什麼也別想
就停下。像一雙鞋揣摩這麼遠的路途
是不是自己的足跡

三號水門

雷達站，一支釣桿
已足夠兩個人度過下午

再小的事物握在他手上
都顯得巨大：愛，死亡，遺忘……
蚵架不知不覺被推到眼前
——這是退潮，父親說

接過父親的手，他扭頭
以袖子擦汗。這些不合時宜的教導
讓他吐氣，他還在試圖了解退潮——

一些水在眼前緩慢
來回，一些水在眼前
留下淺淺的石灘，起降的冬候鳥
來回成為釣點

這些畢竟都太遠了。
父親低頭看他，他那麼小
當然不知道腳下的小島
只知道跨越堤岸，在石頭棚要站穩
——注意安全，父親面著海
要他專心，眼前盡是銀色的世界

水花裡他看見兩條魚
閃動在父親眼底

彷彿是最好的時光。父親說
記得力道，退潮和滿潮
記得這種感覺

海堤上的他便聽著教誨
這個下午他全都記得
包含放生——父親倒空桶子

他全都記得。儘管他那麼小
這是他小小的記憶裡
他們倆唯一一次
一起收拾釣具，看潮水漲起——

天真

無所求的午夜
不如到屋頂躺下，看大漠
讓滿城的風雲覆蓋身軀

太多問題在苦等智者，太多太多
時間，金錢，不理會人的星座
就一直向前匍匐，匍匐向前
一直穿越世紀末

忽然想到什麼，電光石火
一些慾望隨即出生，以爐心

對滿天星群高談闊論：
「黑夜是按耐性子的磨刀石——」

一想到就好冷。天空下的人
在黑暗中不停行走

偶爾眨眨眼，抬頭觀照世界
像世界觀照我們
以它全部的智慧與率真

天南地北啊雜念搭起了樓閣
塵土上的宇宙開始旋轉
生活到底是什麼？沒有人說話

這是我聽過最好的回答

計劃

「我吃到了眼淚，有點鹹。」
「這表示它衛生可吃。」
——七等生〈我愛黑眼珠〉

關於變化，時間的行伍光影嘈雜
口袋裡與高采烈的硬幣
爭論起彼此的未來：可能突然暴雨
一陣雷聲，轟隆隆如雜訊
前人辛苦建立的城市就要崩塌
可能，一些緊閉的窗口，城市暫停交易
人群退化成雨，故事，最後是鳥獸
往各自的方向逃啊逃啊街口騎樓

零零散散。沒了沒了，就到這裡了
忘了帶傘的人還能期待什麼

一切不外乎是文明的表演，水滴
逃亡的時間。被放棄等待的事孤苦伶仃
那些參與旅行卻心地狹窄的人
像雨中的塵埃。越來越多堆疊
越來越使人明白生死，明白興衰——
有人以愛證明自己有人以猜疑
（愛是交出還是交換？）
解答尚未公布，人們苟且的
屋頂與屋頂，還能暫時保有眾多秘密
當一個舉動被解釋

就有千萬個意念同時死亡
還未下定論的人此刻正算計
一種新存在主義，一種冗餘
關於城市裡隻身的等待，可能
所有光影都已倦乏：轟隆隆……
夜半驚醒，想像眼眶突然暴雨，想像
一把傘和一頓晚餐，所有心裡的風景
論模糊的面貌比不過硬幣
論昂貴比不過愛情

消息

好消息還壞消息先？你張大眼
像不小心開啟一則神話
一扇石頭護衛的窗。窗外
惡龍受夠了傳聞，關於歌聲
鳥群裡遠遠有事情
正在發生：多麼荒謬啊聽說
有人為了你遠道而來
破壞城堡與荊棘的和平
花費美好的上午，以一個吻
企圖治癒你年邁的嗜睡症

再等一等，讓不屬於你的一切
回家，讓龍捲風冷靜，玻璃鞋
小心步伐。現實證明了魔豆
不過一場豐年的臆測，樵夫失手
丟出的斧頭，湖面重播的歌
（這不是你的。）
（這不是你的。）
獲得快樂需要誠實兩次
獲得自由，需要一輛
更堅毅的南瓜馬車

遺世而獨立的公主啊今日
沒有上午。今日沒有上午你複述
報信的鳥彷彿新的雲層

可以慢慢等，只要短短一天
的時間——時間說好的，先聽
好的：還記得嗎？以前那些日子
母親悉心交代的任務
黑森林，酒，麵包熱呼呼
只要避開野狼與獵槍
開門壞消息就能康復

輯二　路上的行人

如果羅福星

一九一三，如果在西岸
太陽沒有落地，各方的商人
還幹著古瓷破裂的生機，小小黃花崗
黑暗已經成形。一九一三，如果羅福星
不和人密謀一座城，只看公共汽車在市町
聽誰下令（法國出產，現代的象徵
來往於小島的後頸）如果革命黨
沒有趕上那班車，如果躁動聲不夠響亮
二次革命只是一場夢，一九一三
沒有誰清醒，撿起民族一地的碎心
向著對岸擲去——處處皆沙場

如果誰正商討第十三次人世
喇嘛的《聖地佛諭》裡：僅僅一個人
就左右整個民族，血的流淌
如果那時沒有誰撐起西藏

一九一三，如果坎培拉
沒有得到澳大利亞，澳大利亞
也沒有得到坎培拉——
世界格局歸零，連一片拼圖都不空乏。
如果此時，羅福星怔住，暗地裡隱忍
一語不發像布袋裡的老鼠，看槍口瞄準
吐出一發致命的秘密，向著宋教仁
在一九一三。如果錯失良機
大湖支廳裡的警官閃神

沒有發現消失的槍彈：生命終於共時
總督府裡星叢閃閃，一九一三
誰的腳下正銹著島鏈——如果彼岸人間
善後沒有大借款，如果美國不承認
國民政府，像一顆句點。如果國民政府
對羅福星信守諾言，準備渡海
當他打理好小店，在搖旗的瞬間

一九一三，如果羅福星
問自己：我是哪裡的國民？
如果他問，公學校裡哪個臺灣老師
能憑著良心回答？什麼都不用怕
如果臨時法院星羅棋布，一場殺戮
只一本黨員名冊，一把議事槌

就讓同一種保甲風行在兩個國家。一九一三
如果孫中山沒有討伐袁世凱，大總統
想要活著，從巴達維亞到廣東
苗栗到臺北，跋涉的路程
困難如巴爾幹戰爭——如果戰爭沒有結束
沒有誰飛越地中海，只看著天空
所有人在底下徒手接子彈。一九一三
如果羅福星安分守己如二十年後的《首與體》
太陽沒有落地，三十年後，成為皇民的他
就不會被槍斃。如果羅福星
什麼也沒做，一百年後誰會代替他
出現在歷史課本裡？

內地延長主義

「關於歷史，」文學史這麼寫：
「寫作乃出自知識分子的焦慮……」
翻開書的我們看著海，殖民地和草圖
破掉的屋頂外，萬物不停生長。武雄
想你課後放下書包，談論起文學和野菜
農園裡不需提筆，只是對土壤的勞動
世界就多了雙山羊的眼睛——什麼都是新的
什麼都還來得及，像你在母親腹中
武雄，像文學在身體裡

吹一支徬徨的草笛，然後聽——

這就是鄉土，一個人隻身在城鎮走路
當我們細讀這頁，那頁，看著你
成為千武，或桓夫。那時沒有人知道
文藝和聯盟，知道一本刊物聚集眾生
在夏夜的某一刻，你用著誰的國語
寫詩讀報，風吹過也不覺得冷
那時沒有誰是誰的敵人
甚至沒有太平洋戰爭

連志願兵也沒有。只有志願的戰俘
兩者無非是同一種意思，無非聽命於誰
當誰的遺囑被你記住，誰的下顎骨
接觸上顎骨，吃著自己的散漫
想當年一班學生拒絕改名

心裡的信鴿遠遠背負南洋的林務
除了自己，誰能帶回其他東西？對著神
你繼續問：這是生命的死還是記憶的死？
當我們讀你，發現自己擁有兩個球根

像一個外人進駐我們的內地
讓遠方的戰爭進駐我們的血液。武雄
該如何心安理得的活著？詩作為一種抵抗
多少的防風林抵擋著語言和時間
在我們的土地，你像虔誠的信徒手持著笠：
戰爭，殖民，與勞動……你看顧的後生
正看著這幾頁紙，彷彿漏雨的小廟——
不過一切都沒關係了，武雄
屋頂壞是壞了，可我們還有天空

註：內文幾處取自陳千武〈在母親的腹中〉、〈咀嚼〉、〈信鴿〉、〈屋頂下〉

路上的行人

我們村子到城裡讀書的師範生都失蹤了　——劉克襄〈革命青年〉

還有多少時間？我不禁要問
路上的行人左支右絀，究竟誰
有足夠的夜晚，胸襟，誰有一顆心
在暗處點燈？新生垂垂
草木森嚴而大安，我不禁
要問這些口徑一致的說法
與槍法，如何面對神而撇頭
問他們如何瞄準良知，問他們
如何索求，動手，如何生存

更好的日子從沒有人過問
從來沒有。沒有人不帶一點傷口
而活得安穩——沒流過血的人
能算活著嗎？當守夜者不回答我
只看清明的雨，看回不去的從前從前
路上有手指遙遙伸出，正對著大同
和小紅帽，姿勢像是道別
明明黑夜已經失守
黎明卻還在門口脫靴

自時間裡回神，看一頭雙載的鐵馬
兩個未來的學者沒有更多辦法
到底，該如何在心的暗房

練習遺忘而同時記得——
想像誰被鬆綁，恨著火光
想像誰歌詠或不歌詠，在街頭
——在歷史的獵場
槍響過了很久，很久
路上的行人依舊匆忙

我已經走出一條路來了

並且，已經抵達很久
因此當你讀到這裡，距離我
已算遙遠，但仍是現在——
現在我被胸口的黎明所圍困
再也不用枯坐，校對國家
整齊的錯字，再不用堅守小樓房
或辦公桌。唯一的差事
即確認火種備妥，確認
眾人將怔住，發覺語言的巨大而
縮寫地活，確認有人說「我」這個字
我就旋即生火，維持你孤獨日子裡

匿跡的多事之都——一切費時
我已經給出了我的全部
剩下就都是你的事

步伐仔細為了看
織造言句為了說
說什麼都可以，代價是我
必須鎮日計算，養護少少的堅強
和軟弱；懷裡私擁這些聲響
慶幸，同時惋惜我的憂懼失去過早
這天生的陋習。遠遠的你
也終將長大，嫻熟取捨而非畏怯
自我身上精通一些手藝，比如世界——
世界鎮日朗聲，讓光裁剪身材讓暗

割據所有困厄與頭版——
那時人們還看報紙嗎？
過去是墨未來是煙霧濃密
這些本事潛藏，直到被逐字檢索彷彿
遠古是負傷的現在。現在
有人體現離開即是抵達
你看見了嗎？那些陳舊的謊
現在門邊正閃閃發光

我真的不怕。只是悲哀
只是想到這些糟糕事，心底
本能的火就延燒出一片黑白
成為後來千百個日升日落
當世界太髒，僅有夜能收拾一切

當光影大大掃空了我，擊動眾人
如我大大的決心——現在
我已走出我的一條路來
不需誰的憫隱所以請你
趁現在還來得及，請你記得
現在的我，和門外的一切
現在這些事物已充載滿屋現在
說要救火的人把火滅了
說要救我的人走了過來

註：詩題「我已經走出一條路來了」為鄭烱明〈路〉之詩句

基礎樂理

醒自琴房，社會已然是一把樂器
任指心換行跳動，輪流敲擊，覆上
黃銅的哆嗦。聲律如水泥
割據沃土，看指法圍起音箱
暗地裡導聆的使徒如是說
一位孤獨的樂手正練習擦槍
走火，關於柴房的信物，關於我

如何踏著音階升降，試圖
扣動扳機，聽樂句高速穿過
如煙的松香——發自裸線內部

我單手上膛，在晚市來回伏擊
樂池外的壕地；肩上有獵物
正奔向琴橋下底淨水廠，遠古的技藝
讓弓成為身體，讓弦緊張

回到最初的問題：一把樂器
能否保持沉默？以一種聽不見的聲響
在銅像，在鴿與鷹在華彩的即興裡凝縮
打磨，並上漆，散佈於廣場
貪圖更多的我看一棵樹自剖
為了去盛裝，在小木屋
我填入我僅存的靈魂和耳朵
摸算著高把位，迴行反覆

辯證誰是真心了解和弦而起立
鼓掌，歡呼——我心裡有譜
當前線的振幅與波長，正對著我的襯衣
才頓悟：音樂最多不過一點貪圖，聽街上
陣陣槍響，聽我投向社會的氣力
到底，換來多少的火光

註：一說「詩的格律」是「戴著鐐銬跳舞」，這首詩選擇四個韻依序交纏，形成環環相扣的「鎖鏈式」押韻，嘗試另類的韻式。

迴圈

當你懂得深潛，再回來我的身邊。

——廖鴻基《後山鯨書》

午夜夢迴，彷彿
我們仍漂流在海上
花季還未宣佈，網還沒來
海面上拼圖等待動工
故事才剛剛開始，一切
一切都還來得及
那些從前的日子
想起耳裡就有海浪聲

緣木求魚，我們鋸開大樹
在辛苦打造的屋裡
相濡以口沫
不去思索海鷗的歸宿
關於如何在不曾下雪的潮境
精心佈置一場狩獵
原始的習俗至今
依舊被新的文明盛傳

最後積雪都流向了你的船——
我們曾經的船。現在
船已老去，但海還年輕
規劃完整的藍圖上
航線終究是不環保的

用不完的恨無法回收
多餘的愛無法重複利用
此地只有浮動的經緯
證實我們各自貧窮

征服野獸後，那些人
終於也成了野獸。
有時你感到恐懼，就像海裡
看見鯊魚在眼前
我的手掌覆上你的額
掩蓋一座將荒廢的雨林
那些恐懼真實而清楚：
可怕的是海裡看不見鯊魚
可怕的是以為自己是海

能輕易擦去錯誤的步履

已經快來不及了，他們
開始削去彼此的腳
建築一片田，計劃一條河
所有掙扎都是徒勞
越悲壯越是悲傷
正如騙局都將流入大海正如
你我都將死亡——
而你是知道的，大多數的死亡
並不代表結束

漂流在海上，你是滿月
我是精明的潮水

其他人席地
坐成一座座島，如夢裡
陸沉的每座城堡
沿著海岸，我喚醒洋流
見證生命從死亡的深淵湧升
如此我們就能進入巨大的迴圈
如此我們就能進入巨大的迴圈
而不覺重複

註：「船已老去，但海還年輕」來自桑恆昌〈觀海有感〉：「船年輕／海卻老了。」

站牌

短講完，志士提點行李
緊緊把握不多的時序
準備返鄉——到底
我們的生路佈置妥善了嗎？
行人一如既往地走

好像這些都不再重要：
所有通知單，身分與印鑑
爭先放下自己的尊嚴
放任視野盲點的違章建起
插上紅旗，看禿子捲起袖口

刀鋒與富饒已經備妥。列車正駛過
隆隆地基，數千萬人排隊等候
在月臺看禿子，嘴裡有滿滿石頭
讚頌冬天的美好
在危急存亡之秋

遲刻的季節終於進站
年關像巨獸一聲聲咬咬咬
等候區的志士彷彿聽見廣播：
「親愛的 +886 用戶，
請您儘速至櫃檯領票——」

傷停時間

如果度過嚴冬，在新世界
我們穿越隔離區的雲海
看盡了瞅，雪色，與山頭。如果人
開始檢視人的面目，眾多冷眼
放任額上的凍土滋長生事——
這就是冬天了嗎？寒暄裡微微有霧
起自你的內心。一切如此可惜
時間果然是最不起眼的人禍
驅策你側過身，看未來不能再更多
一輩子的白駒
全卡在這個時刻

灰牆與黑鐵，一整個世紀
霜花滿佈，穿梭其間啊你的雨鞋
反覆踩著自己，眉頭深鎖地
收拾陰招與棉襖。除了緊握的雙手
四周都萬劫不復了你知道嗎？
眼眶裡水靈靈的犀牛如此
堅信自己少少的勇敢，等待誰
將提著冰心前來營救

你有想過這些難事嗎？大愛
或者我們的死因。關於文明
災情自暗處滾滾而來
你的神正提著毛線衣，著裝齊整

對著石陣發愣：一些顫抖的臟器
一具紅泥小火爐，鐵鏟與碳
不停不停往裡頭送——
命運是否真的做了什麼？
如果廣廈的寒士，如果你
如果，我們度過嚴冬……

——記二〇二〇

願你

當生老病死在世界各地
我願你讀詩，這些無用的小事
願你知道星星如何暴力地鑲在天空
知道愛，雷射筆，雨傘和良知
當世界保持憤怒而從不絕望
我願你也是如此

願所有塵泥都無愧自己的年歲
五十年。願你不會算數
小小螢幕裡我看著手足出發
人群與煙硝依序盛開，在焦土

願往後的孩子記得這場長夜
記得水柱，恨，記得赤地與藍圖

願榮光在這裡，願世界和平
願你理解這片土地。一九九七
荃灣，中環，九龍與獅子山
島與半島之間飄盪起紅色大旗
曾經次第的山頭
一切問題要從眼淚說起

願世界清醒，願紙盾
堅硬如鋼。在時代的河床
該如何相信每艘船的水準
當你恰巧讀到這一行

願時間的砂紙永不磨損
願你看清世界的真相

願所有火適得其所
所有灰燼保有深沉與淺薄
大街上你看四面而來的水
看電視新聞裡有人胡說
我願你口袋裡的大國能換得理想
願你擁有理想前，先擁有生活

願惡徒在密室算計
你能在街頭大聲唱歌
我願你時刻安全，足夠勇敢
身為讀詩寫詩的人我願你

能毫不猶豫舉起原子筆
正對他們的原子彈

願你知道最好的情況
是這些詩沒有被寫。
當亂世的大街滿是人頭，無數個你
步入歷史的從前和以後
我願你對得起自己
我願你平凡而自由

註：「赤地與藍圖」取自香港詩人熒惑詩集《赤地藍圖》

回家

他們推了過來
不留你任何餘地
彷若小時候辦家家酒
輕易推倒的積木——
沒有退路了。往後望去
人人盡如鄰居小孩，對你
簡單粗暴地屠宰

關於你的傳說
他們手拿劇本私傳
說你不是先知，不是信徒

你只能是一枚釘子
隨時間生鏽——
這真是個悲劇，他們說
能結束悲劇的方法
唯有死亡

你想像自己經手多人
成為一枚硬幣拋擲
你的命運在此刻
持續翻轉，翻轉
怪手和房屋的比賽
最後房屋輸了，你的命運
全收進了別人口袋

「住手。」你喊
於是怪手住進了你的全身
無論公義無論仁愛
你的家是辦家家酒的積木
你的心是夜裡的碎星
在這個健忘的世界
我所能做的不多
只願你快快樂樂出門
平平安安，平平安安

輯三　快樂王子

假象

說謊的人
鼻子會變長
媽媽說鼻子長
才是漂亮

糖果屋

太多太多事情比糖果重要
——離開房子後
這些小孩終於明白

活著的道理，不過一隻隻鳥
爭食麵包，不過是迷宮裡
調度的心機與石頭——
一時盲目的老婦最後
弄丟了自己。執掌的惡意
斷送一位不諳火候的可憐人
重新開始的機會

當小孩以此聽聲辨位，再次
走了回來——你會怎麼選擇？
現實缺少斧鑿的可能
心裡的森林此刻伐木丁丁

牠方

動物終於也成了靜物。太多的等
讓穴道裡的狡兔提點探照燈
發明洞窟，鑽研腳底的礦
身體裡潛伏的經脈與硫磺
浪跡的鐵與愛，再再
左右牠們上下輩子——
想到這裡再也無法繼續。
風塵裡說書人起身
一隻老烏龜回頭看過去
像看未來，而我也回頭
看一些對手落後，一些往前

看故事之外遠遠有旗子在心底
來回動搖：一切是光線的質地
是記憶，鹽，一切是時間

——記龜山島

矮人

這個世界是怎麼看我的？
做錯事的我努力回想：
一位矮人的生活
最多只是技巧的學習

最多就只是樹葉和光的原諒
只是一座獨木橋，一把鋸子
過去的時間就全掉下來
愛與恨的泥巴躺在地上
感覺身體被濡軟的稻草填滿
所有好的壞的都經過我

我是怎麼看這個世界的？
道理的反面，水滴攀著葉子
萬事萬物的邊緣，一切濕漉漉
心裡的矮人好像又長高了一點

快樂王子

如果在冬夜，這麼多的靈魂
等待著誰前來營救，鑲嵌的水
一滴滴從眼底分送到廣場——
燕子燕子，擁有一顆心
一輩子就已經足夠

「快樂是什麼？」你不放棄
可城鎮從不給出回答，親愛的天使
這場雪實在是太年輕了
懷疑時就看看我吧
這些身上的洞

讓我活得更像一個人

眼淚

我們不要商討首飾好嗎？
不要算計痛苦，或者寶石
更多的四面八方正等待我們：
大草原的躺，愛的河床
一切是春天和春天的禮服
讓我為你披上日光

更多手勢湊近你的耳邊
一個實踐者，指揮山牧季移
地圖的卷軸展開，沒有任何匕首——
不說話的你終於笑了笑

像一個終於確定方向的
快樂的路標

被動

「從前從前……」
一個故事就這麼被展開

被欺負的公主
在大街上被笑
被討厭，一個人
被發現躲在後花園
被祝福被囚禁
最後被拯救

從此，王子

和公主過著幸福快樂的日子
而公主並不

男爵

白茫茫的世界只有一根木樁
能夠匹配我的坐騎

早上醒來我抬頭
看失去夜晚的牠被束之高閣
忽然就明白一切道理

滔滔的口才在融雪之後
開始一個人的長征——
我舉槍，瞄向過去的韁繩

把未來與故事帶走
只把真相留在這個小鎮

吹笛

權力是我的樂器：
一千隻老鼠
轉眼是一千枚硬幣

惡意自街上一波波湧出
人心虛虛實實，誰取消過去
誰心裡的孩子就不說再見
只聽後悔的音律且唱且走——

「失信的人是盲目的小偷
看見硬幣上的數字

看不見背後的人頭……」

大洪水

一個善感的容器該如何盛裝
同時不滿出來？時間不停流動
在過去和未來的交關
我看著兩隻手，手上有鐵器
石塊，看著灰泥的質地思考
該如何修築性格，以一顆心的耐力
支撐自己越來越厚重的身體

身體裡是困苦和快樂
身體外也是困苦和快樂
只隔一道堤防，好多水在裡外

流動，像發光的銀河——
為了不潰堤，在無人的夜裡
我讓它們小心翼翼，從眼底
悄悄流向外面的世界

紅帽

一切都準備妥當了，奶奶
此刻身體是束起的牧草
一種緊迫，反覆鬆捆的乾燥感
所有忍耐的新芽
只為了保護我，所有叮嚀
只為打開另一扇門

四周盡是盤根錯節的青春
一切還是如此困難，當大風行經
還是得拉下帽沿，向前——
只能這樣了，我的步履

眼前不見底的森林
就是往後的人生

人魚

現在只剩下我們了，當浪翻身
醒轉，我看見碎光正點畫著星圖
聲帶如礁石被反覆沖刷，上岸——
再沒有誰能捉住誰的尾巴
當優柔寡斷的夕陽在遠方
終於決心放棄世界

我們只剩下現在了。親愛的泡沫
以後再也不能擁抱大海
想到這裡我開始淘洗自己：
「謝謝你，謝謝你……」

波濤不停向我招手
而我已沒有聲音

公主

從前從前，還沒有愛的時候
生活是生吞蘋果，無事可做
只看睡眠遭到哄抬，看議論與花
擱置玻璃，而我被團團圍起——
春天的贗品欣欣向榮
甚至不須梳理眉角與髮絲

該做什麼呢？當一個人偷吻我
還一臉無辜，當矮人大叫：
「這顆蘋果有毒！」
我說不，那是一顆赤誠的心

後來的樣子

女孩

奶奶，今天我的胃一如往常
人們在裡頭來回走動
足跡拙劣地暗示現在——
現在必須出發了。劃下最後的火柴
把漫漫回憶
搖動成轉瞬的光陰

我的影子終究接住了我
像衣襬接住雪，雪接住所有體溫
一切都準備妥當了，奶奶
沿街叫賣的手藝已不管用

現在只等雪線褪去
等那些足跡沿著原路回來
把我們的身體與故事
交給其他更需要的人

輯四　前戲

後事

如果我離開了，你會記得我什麼？

是郵差，一首詩，還是最後的信？是天橋下
長長的河堤，還是來不及的星星？所有遺物都曾被擁有
棉被裡我裹足發光，因為送走一場大夢而伸掌
重新辨認自己。透過指縫，手心，兩隻眼睛
勤懇地尋索家事，小小套房洗晾衣服
日復一日失去水和天真，由內而外
開始懂得懷疑，在定格的瞬間動搖心神
垂眉對一扇觀景窗，目送照片裡的泥像：不動
就不會感到痛。只讓快門和閃燈

經過我，讓雷光和電影走訪
十字巷口的車潮，讓屋簷收容沉默
讓千言萬語留在天空

讓我看見光，同時讓光看見我。事後
人間的靈與性大把大把降落，突然的小雨
行跡可疑，突然的捷運站，對望，慢跑的
操場：兩隻腳向記憶，轉動唱盤的老……
也許那時的我們都老了，必須扛起一些事
放下更多的事。也許，最後的大半夜
還沸騰的胸口能理解太陽，一次次升起
多麼努力，理解太陽一次次沉淪，為了世界
多麼可惜。這些不值得的事能怎麼辦？
我還不夠成熟，還願意費上一輩子

看這些無聊，日夜顛倒，看回不來的時光
在沙漏裡重組。重組，看它們不一樣

沙漏裡的石頭無差別痛擊我
顯微的心：記憶裡的頂加已經
和我一樣疲憊，而且一樣不堪。趁它還不是廢墟
我要好好說聲再見，對這些完成的，不可逆反的——
該說後悔嗎？還是恨？時候到了
這些情感也不適合搬弄。時候到了
就讓眼淚出發，代替我說話，告訴我
大好天光該怎麼走，告訴我該怎麼避免失去
像是避免獲得。一個人的消失，從體溫
接著聲音，接著相片。你會記得什麼？當我終於狠下心
不再涉足這些危險，只是寫著句句屬實

節節敗退的詩，只是想著：所有灰燼的起點
一切已經很遠，很遠，彷彿昨天。

葡萄凍

把天地賜給我們的一切
用力搗爛——

乾淨的水火，紋理，皮肉
趁還沒有足夠的前提和後悔

趁還來得及傷害
素手撕除一連串羞澀的沉穩

再來是更為內裡的部分：
誰有足夠的能力去融化砂糖？

誰有足夠的砂糖被融化？一切像你
看著我，我看著你，這些色澤與質地

該要多麼卑賤：炙熱的鐵
如今是冰的容器

一生只為封藏記憶，只為從隙縫
看光神隱，現形，又神隱

然後學著相信
學著不相信

說詞

離開床鋪後就永不過問
無關乎願不願意。當有人提起
該怎樣善待寡欲的人？夜宵
我獨守一尊清明的心像
看你緩緩朝窗櫺探找
栽景旁的我活像一位詞窮的說客
在棉被的心窩坐起，等你
對我說些什麼——
或者不說，只呵一口氣
玻璃上經年的水漬
就為此修正一次路數

春日自家門前經過
我倆緊盯院落
目送它朗健的步伐向前——
從不回頭。我看著你的眼睛
沉默的小村已啞然成形
瞳孔裡常備的鏽痕，斑斑
等待誰將剛起草的屋宇建構
而又摧毀：看你起身
這些積攢的快樂註定無用
我只能以肉身嚮導
緊緊包藏你的禍心

看你背向的鞋踏覆滿地落果

才忽然思索：這個時節
思索什麼都已太晚。
當我的神智再次伸掌
擦去你額上的水，像一位窗前
剛被解僱的清潔工——
透明能否讓我看得更清楚？
這些破事還在繼續
除了你唉已沒有什麼
能夠使役我的愛。即便愛是好的
可我始終缺少一份說詞

節拍器

環抱一具肋骨像旋緊彈簧
讓萬物來回算計：我、你、我、你
和我在雙人床，託付牆板，水泥
空屋裡，一群靈魂窸窸窣窣
多少聲響來回擺盪，大風起兮
我看著你，四周盡是關不起的窗

當然也曾懷疑，穿越，在陌生的街
以哭臉面對世界。也曾相信世界
（一臺時光機照映著梅花座）
也曾不相信，燈亮便離席

自荒野到樓頂，兩個人更衣，脫鞋
正對彼此像笑著照鏡子

千百個念頭催促我以千百個步伐
去愛，去抵達：一度電四塊錢的月底
昨天是一把無從修理的樂器，明天
是切分與切分，漸緩的拍點……
當眼前瓦時計也漸緩，我墊起腳尖
一步一步，踩在心的鋼線

情事如此緊張，我親愛的節度使
所有好的壞的都已然發生：小地方
只看熱水器，冷氣機，製造時間的工廠
對著鎖我抽出金屬的發條——

世界已經準備好了，一條路需要的行囊
都在我們緊握的手上

愛人同志

在想些什麼？失去了眼睛
黑暗發出了更多聲音

更多的失去，口號
更多的我等著更多的你

即使付出靈魂和身體
即使付出上頭盛裝的眼淚
即使你提著赤紅的血說：
這是愛……

而我提著記憶，這最後的武器
也只能說聲抱歉

對我，對你
對勇於懷抱疑問的誰

——關渡讀羅大佑

冬天在頂加

又一次起床看窗外曬衣場
袒露多少的自己，又一次我和你
搓手，呵氣，四隻眼睛
對屋頂的太陽和雪
看冬天一點一點過去

為此，雲端的工人不得不修理
這些失敗的著陸。我理出耳機線
連結你：——冬——冬——
世界便接起像曬衣繩
一種心跳的聲音

牆面的窗花冷冷睡著
等我進屋，看你側身躺回床上
實心的木板在白漆裡
緊挨著彼此生長，外頭
我們便彷彿靜止

只剩下聲音。我和你
在無數巨響中，同時
被特定頻率所打動
這些定格的，小小的雷
催促我再次從鐵皮裡鑽出
看它如何連接天空與大地：互

就開始季節的接龍
互相的相，相愛的愛
愛人的人——我看你踮起腳
像個頑皮的小孩

把手收進我大衣的口袋
此後小小的頂加，不用聲音
或衣襬，只接起我和你的視線
所有屋瓦裡外的冬天
便一點一點回來

瓶中船

將來的時間近在眼前，一艘船回頭
就把我們帶往以後——
所有事情都要來不及

明明現在這麼愜意：
油燈燃燒著我的精神
微微晃動的是船身
還是心的沙漏？握緊你的手
腳下的船，現在是一座沙洲

坐擁四周的風景

看你不說話，我也不說話了。
沉默是金而火光正照映
如此精緻的時刻：
兩顆種子忍住不發芽

金木水火土
蒐羅不易的萬物——
這些絕無僅有的生機
此時還是碎片，在小小空間
因為合體而可以走得更遠

遠道而來的黑夜在河的表層
倒扣，世界忽明忽暗
星空酒彷彿巨大的象徵

輪流被我們喝完
然後一次，又一次地盛滿

是這些技藝經年累月
架空了世界，連風帆也不需要
只看流速緩緩，漫天的設想——
這艘船是我們最後的零件
我們是這艘船最初的信箋

當然只是設想畢竟眼前所見
都是以後。船上的我們
只能縮緊身子，沉默地將火光
大衣一樣披在身上，像忍耐寒冷般
忍耐著未來，等我封緊軟木塞

將來的時間就近在眼前，酒瓶晃晃
頭暈目眩的我們還不清楚什麼是愛
堅實的岸就直接靠了過來

前戲

他是我認識世界的方法：「一起走嗎？
再也不要回來。」當我這麼問

——他的炭塗滿了我的生靈
光影在暗室流淌，洗劫我和他不堪的過往
本來面目，不過兩顆心乾乾淨淨
享受萬物在舌尖的雛形，嚐試
而敏於挺身。我一次次出神在此時
此地，一次次對床上的內臟下手，小小格局
來回製造動靜，嗯，他的確是個好人
有想法，刻苦耐勞，精明且知性

懂得去隱含一種堅持，能對誰
不帶齟齬地搬弄是非所以
我等。等的意思是選擇
知會的意思也是選擇

不愛是一種武器嗎？我提心上陣
無害的可能怯怯牴著骨架，直到完成自己
這些底細我全都記得。儘管只是剎那
誰的一部分曾死過，活過，在娑婆人世
我動用所有善感去揣摩
他，一個遲來的人開始認真
讓破破爛爛充盈身體，看我眼神迷離
裡頭多少個如此與當初，多少個我
為他漸次接受，直到彈指間大徹大悟：

眼。耳。鼻。舌。身。意外的浮屠
我展臂如兩面擦亮的鏡子
誰停下誰就是我的全部

對此我從不怪他。只感到空乏
人前人後我積累的時光
還不足對抗八方落下的水，一切的他
都使我精神抖擻，這麼多苦果與甜頭
成全我對他的體察：我願意如此
負責他的空前與絕後。當初所有執迷
驅使我兜手打勾，蓋印
誰能說自己沒有目的？我赫然抽身
受想行識，一心的疲沓
都來自他的過和我的不急

大千世界我告別當下的自己
只讓念頭在眼底掙扎——

而他說好。趁風雨正大
我們必須趕緊出發

後記

詩是徒勞與必須

開始寫詩，是發生在國中聯絡簿日記欄的事。

以為詩「不用把每行填滿」會比較容易，這種出於投機的行為反而讓我每天花費更多時間構思主題和調度字詞。產生清楚的文類意識、開始探索「分行」與「詩」的關聯，又是更後來的事。上了高中，糊里糊塗地參加學校的文藝營，聽老師談現代詩與古典的「還魂記」之後，就蹦蹦跳跳地開始大量閱讀臺灣當代詩人的作品。也不曉得到底讀懂了沒，反正就是喜歡，回頭繼續糊里糊塗地寫，寫到了今天。

一次頒獎典禮，聽我談起這一切的老師依序在四本詩集簽名：謝謝宇軒、謝謝宇軒、謝謝宇軒、謝謝宇軒，讓文學永遠保護你。每每重讀這些字跡，就會想起初初寫詩時的自己，彷彿又能繼續寫下去。

※

「可以的話，下週交一首詩，題目就叫『在世界末日的第二天上課』。」講臺上，老師神態自若地說。

詩是什麼？我的學生一定能回答這個問題。語畢，老師用小酌的姿態喝起感冒藥水，然後繼續談著語言、語法、結構、構想策略、節奏、情感和思想，一堂課就是一座宗教的宇宙。回頭看那首被當成作業的詩，至今只剩下一些殘缺的文句勉強堪讀：熟習跳舞的人注定缺少舞伴、教室裡有神正打著不安的算盤、倒數迎接新版本的世界……都末日了還要寫什麼詩？我在心裡舉手發問。

「詩是一個害羞的文體，」老師看著我們：「今天就上到這裡。」

※

讀完《泥盆紀》，老師給了我極其寶貴的回饋和鼓勵：「保持下去，不急，將寫詩的時間拉長。」但怎樣才算長呢？十年算不算？三十年算不算？一輩子總該算了吧？所有問題都是相對的辯證。

更早以前，我所知道最長的等待就只是傍晚的校園。會是他嗎？短褲和吊褲仔，老師應該不會穿得這麼休閒。那麼會是他嗎？一位白髮老人拄著拐杖緩緩走向我，然後經過我。還是其實是他？拖著行李箱的長臉男左顧右盼，步履蹣跚。

沒有人會拖著行李箱來演講吧？畢竟今日的工事極為硬核，關於敘事與情志，關於現代詩與後現代詩。想像未曾謀面的老師走進教室，看了看滿座的聽眾，然後一股腦兒地把行李箱倒在桌上，說：「你們要的答案都在這裡了。」

※

大學主修社會教育。什麼是社會教育？一切的解釋是徒勞與必須。

高中畢業後的兩、三年期間，我瘋狂寫作瘋狂投稿，盡己所能地讓作品登上詩刊和副刊，彷彿刊登就是寫作唯一的意義。終於脫離「被看見」的焦慮之後，迎接我的是研究所和創作所的兩難。到頭來，終究是無法一邊生產論文、一邊潛心創作。每每被問及該如何兼顧，我都說兩者並不衝突，甚至還相輔相成，心裡卻深知有限的時間和精神必然因此被切割殆盡。

不同的場合，幾位也正就讀研究所的詩人分別向我恭喜。起初以為是恭喜《心術》入圍周夢蝶詩獎，後來才知道是恭喜我的論文登上一級期刊。研究要怎麼樣才能和創作一樣，發揮抒情與懷思的功能？創作又怎麼樣才能和研究一樣，維持一定的質與量？在場域的遊戲裡，說得出口的是謝謝，說不出口的是不甘。

什麼是社會教育？是一堂無關文學的課，老師拿出一本詩集，對我說：希望你喜歡。

※

和老師對話，讓我警覺自己近期的寫作越來越碎片化。在以前，敘事是我推進詩行的能量，如今動筆的基本單位已經輻輳成零散的詞語，唯有截稿日能敦促我拼拼湊湊，像極了愛情——只要懂得觀察，生活處處有詩意。此刻我的內心開始呼喊：可是我想做得比觀察更多啊。

於是我開始嘗試千奇百怪的創作方式：轉譯田野訪談、觀摩詩人小冰、爬梳維基百科、借助 Google 地圖和翻譯軟體，甚至是唬爛產生器都曾充任靈感。彷彿世界末日真的來臨，在什麼都能成詩的時代，我是故意走了這麼多終將回頭的路。為什麼不去好好讀書、好好生活呢？宇軒，你來回答這題。

面對老師的我啞口無言，趕忙翻找電腦，尋索從前的筆記。當資料夾裡的陌生檔案被逐個點開時，一些已發表詩作的初稿映入眼簾，更多的是未完成的棄稿。這些我早已忘記的文句在電腦硬碟裡嗡嗡作響。忽然，一個名為「靈感」的 Word 檔出現。我趕忙點開，然後笑了出來——

裡頭是全然的空白，什麼也沒有。

※

「若問此書有何不足之處？少了一篇深入宇軒詩世界的報導。」老師讀完訪談集後，傳了訊息給我。

從 Podcast 到訪談計畫，無疑是一段有趣的旅程。沒有人知道的是，伴隨著這些有趣的，還有大量的自我懷疑。為了補助，我在三個月內完成了二十幾位詩人的訪談、生產超過十五萬字的文稿，送出結案報告的當下差點吐出來。對一位研究者而言，這些文學史的基礎工程極為重要；對一位詩人而言，這些文字工作無疑是分外之務。一切似乎又回到研究和創作的辯證。

每當看到老師們興致勃勃地翻譯外文詩或借鏡中國詩時，我就會思考：那我呢？後來似乎想通了，我的問題在於閱讀標準和創作能力的隱隱錯位——眼光提升了，手藝卻長進得緩慢，整個人被文學拉得好長好長。

「我不擔心你的手藝，只是擔心你忙。」對於我日日夜夜的焦慮，老師如此回覆：「做這些工作還是有益的，美學品味擴大，人情事理也有更多體會。當然，寫詩還是最牽掛的。」

※

文字是語言的潛德。再早一點，是所有人圍著木桌，提筆寫下各自的故事。憑藉一顆年少澄淨的黃金之心，這些善良與溫柔撐持我保持緘默，就讓眼淚代替我說話。

「這樣的情況偶爾都會有，一般來說放鬆心情，卸下包袱，過段時間會調整好。希望不久能早日康復。」為愛而傷是全世界最龐大的孤獨。當這些文字現形，我該如何調度、修整自己？

「其實我覺得，這就是你的特質。」老師繼續說：「你會受到題材中某些事物的觸動，你天生對此有情。就用你自己的方式去生長它，完成它。」

※

古亭、關渡、貓空、辛亥路，在知識的山頭來回奔走是多麼幸福，畢竟是這些技術願意為一顆真心背書。

是大人了，恍惚又回到詩美學的課堂討論。老師說：我尊重你的偏見。

愛何嘗不是一種偏見？我們應該更勇敢地去寫，去抵達，去愛這些敵人的相反見地，避免現在的自己被過去的自己同化。看著臉書顯示出的「共同朋友」和顯示不出的「共同敵人」，就想起老師遞給我的詩集：如果敵人來了，如果是自己……為了確認最初的記憶，我從書櫃翻出國中聯絡簿。裡頭一頁頁的潦草筆跡，是過去的自己寫給現在的自己，是現在的自己寫給未來的自己。

親愛的老師，也許這本《心術》就如同聯絡簿，從來沒有要回答任何問題，只是告訴我們：「這些文字終於是艱難地走到了這裡。身為它們的創造者，我們可以繼續努力。」

林宇軒　於二〇二三年八月

索引

三號水門——二〇二一年十一月四日《聯合副刊》

天真——二〇二〇年十月十九日《好燙詩刊 PoemCAsT》，入選《新世紀新世代詩選》

計劃——原題〈計劃者〉，二〇二〇年六月二十一日《鏡文化》

消息——二〇二〇年四月二十八日《聯合副刊》

如果羅福星——二〇二二年七月《人間魚詩生活誌》第十期

內地延長主義——二〇二二政大道南文學獎現代詩參獎

路上的行人——二〇二一年四月四日《自由副刊》，入選《二〇二一臺灣詩選》與《新世紀新世代詩選》

我已經走出一條路來了——二〇二一年四月《幼獅文藝》第八〇八期 Youth Show 專欄

基礎樂理——二〇二二年六月十四日《自由副刊》，入選《二〇二三臺灣詩選》

迴圈——二〇一八年七月三十日《鏡文化》，入選《二〇一八臺灣詩選》

站牌——二〇二二年三月《創世紀詩雜誌》第二一〇期

傷停時間——二〇二〇年十二月二十一日《鏡文化》，入選《新世紀新世代詩選》

願你——二〇二三年二月五日《中華副刊》

女孩——二〇一九年九月《有荷文學雜誌》第三十三期文學新俊專欄

後事——二〇二三年十一月《力量狗臉》第八期

葡萄凍——二〇二二年三月《吹鼓吹詩論壇》第四十八期

說詞——二〇二一年四月《幼獅文藝》第八〇八期 Youth Show 專欄

節拍器——二〇二二年三月二十一日《自由副刊》

愛人同志——二〇二二年三月《創世紀詩雜誌》第二一〇期

冬天在頂加——二〇二一臺灣森永新詩盃二獎，二〇二二年六月《有荷文學雜誌》第四十四期

瓶中船——二〇二三年七月二十一日《自由副刊》

前戲——二〇二一年中興湖文學獎現代詩首獎，入選《新世紀新世代詩選》

九　歌　文　庫　　1　4　1　5

心術

國家圖書館出版品預行編目（CIP）資料

心術／林宇軒著. -- 初版. -- 臺北市：九歌出版社有限公司，2023.10
面；　公分. --（九歌文庫；1415）
ISBN 978-986-450-602-6（平裝）
863.51　　112014358

作　　者——林宇軒
責任編輯——鍾欣純
創 辦 人——蔡文甫
發 行 人——蔡澤玉
出　　版——九歌出版社有限公司
臺北市 105 八德路 3 段 12 巷 57 弄 40 號
電話／02-25776564・傳真／02-25789205
郵政劃撥／0112295-1

九歌文學網　www.chiuko.com.tw

印　　刷——晨捷印製股份有限公司
法律顧問——龍躍天律師・蕭雄淋律師・董安丹律師
初　　版——2023 年 10 月
定　　價——280 元
書　　號——F1415
I S B N——978-986-450-602-6
9789864506057（PDF）

本書獲 台北市文化局 TAIPEI DEPARTMENT OF CULTURAL AFFAIRS TAIPEI CITY GOVERNMENT 補助出版